KB075334

밥상 위의 안부

창비시선 206

밥상 위의 안부

초판 1쇄 발행/2001년 4월 15일
초판 2쇄 발행/2021년 2월 9일

지은이/이중기
펴낸이/강일우
편집/고형렬 염종선 박신규
펴낸곳/(주)창비
등록/1986년 8월 5일 제85호
주소/10881 경기도 파주시 회동길 184
전화/031-955-3333
팩시밀리/영업 031-955-3399 · 편집 031-955-3400
홈페이지/www.changbi.com
전자우편/lit@changbi.com

ⓒ 이중기 2001
ISBN 978-89-364-2206-5 03810

＊이 책 내용의 전부 또는 일부를 재사용하려면 반드시
   저작권자와 창작과비평사 양측의 동의를 받아야 합니다.
＊책값은 뒤표지에 표시되어 있습니다.

밥상 위의 안부

이중기 시집

창비시선
2 0 6

차 례

──────────────────────────── **제1부**

나의 갈등   8

늙은 집   9

저 농부에게 바치다   10

그런 사람 이 땅에 수타 있다   12

참 환한 세상   14

저 노인에게 바치다   16

도망자의 오지   17

너무 짧은 생   18

저 잔잔한 평화   20

짚은기미에서 만나 보라   22

옛날 영화를 보러 갔다   24

죽음의 기별이 닿는 마을   25

정뿌뜰 평전   26

젊은 죽음은 외설이다   28

──────────────────────────── **제2부**

저 푸른 문장   30

그렇다, 덮어주는 법이다   31

지게를 진 노인   32

풀잎에게 듣는다   33

아이엠에프, 이 객승이 놀러 왔네   34

고로쇠나무   36

아름다운 폐허   37

통쾌한 꿈   38

밑닭이에 대한 유감   39

청사리   40

반가사유상 걸어가다   41

쇠비름풀   42

한국농업 略史   43

조상이 나를 아프게 한다   44

까닭   45

농사꾼은 빈 몸으로 들에 나가지 않는다   46

─────────────────────────── 제3부

밥상 위의 안부   48

장엄한 하루   50

비교우위론에 대한 나의 견해   51

도망의 나라   52

묻는다   53

꽁치 과메기   54

고사리에 대한 생각   55

완장에 대하여   56

옛날 영화를 생각한다   57

이정표를 세우다   58

앞캐 잡은 셈 치다   60

사람의 죄   62

파젯날 울다   63

시린 풍경   64

제4부

독상을 받다   66

늙은 내외   67

비교우위론자를 비꼬다   68

과부는 홀아비를 그리워하네   69

가장의 연말   70

단천령의 달   71

비교우위론에 대한 경고   72

왼새끼를 꼬다   73

장한율   74

당숙께 듣는다   75

가슴에 새기다   76

집회 현장에서 듣는다   77

풋것이 돈이 된다   78

上口/下口   79

돌구멍절에서   80

발문   82

시인의 말   97

제1부

나의 갈등

솔개그늘 깔리는 불혹의 가을
단풍놀이 시들해진 동해에서 만났네
어린날 내가 놓친 앞거랑
징검다리 물이끼를 닦아주던 물살이
등푸른 고기떼 지느러미를 키우고 있었네

반갑다, 반갑다고
수평선을 벌떡벌떡 일으켜세우는
근육질의 소용돌이로 달려와
반가사유상의 손으로 턱 괴고 앉아
삶을 되질하는 내 귀싸대기를 후려쳤네

쌀 거둘 땅에 왜 뱃살 붉은 복숭아만 따느냐고
사람의 양식으로 금수를 길러
인간을 굶주리게 하느냐고
따귀를 후려쳤네, 이 무슨 행패냐고

8

늙은 집

대저 삶이란 저 집의 격이다
파산선고자가 이차저차로 두고 간
집은 오래 외로워서 야성적으로 늙었다
아직도 세상에서 기다릴 게 남았나
짬짬이 여닫히는 정지문의 암시에
사냥술을 연마하는 고양이만 주의 깊다
깜냥에 격은 남아 삐뚜름해도
떠받치는 기둥의 힘이 완강하다
천지간을 잇는 거룩한 침묵의 힘,
악다물고 한사코 팽팽하게 견디며
끔찍한 제 생을 생략하지 못한다
소갈머리도 없이 오래 많이 고달파라
언젠가 내 몫이 있다면
저 집의 격에서 율을 뜯는 일이다

저 농부에게 바치다

장카밥카로 허기를 때우던 시절,
환한 날 없이 가업은 기울어도
결코 벼랑이 아니었다
식은 밥덩이로
산짐승 같은 허기를 달래
슬픔을 벼려 힘을 키웠다

못난 인간이 세월을 무정하게 만든다
비틀어 매듭지어 옹이를 박는다
농사짓다 빚잔치하고 내소박당한
마흔 근처 아들 하나
궁상궁상 속 끓이다 자진한 뒤

마당가 소의 눈빛을
확! 뒤집어
제 눈에 광기를 담고 싶지만
격렬한 분노는
꺽정이처럼 쓰러진다

늙은 혁명가의 눈에
불, 꺼진다

멀리에서 별처럼 찬란할 사람,
절 한채 지어 바치고 싶다

그런 사람 이 땅에 수타 있다

우야꼬, 해 빠지네, 또 뭐 해가 묵노
두더지마냥 종일 콩밭 매다가
허리 간신히 붙잡고 일어서는 아낙,
삼십년을 살았던 남편 장마 속에 묻고도
끼때마다 중얼중얼 찾아오는 걸신의 입맛은 달아
해무꼬는 없고 또 뭐 해가 묵노
손가락 꺾어 짚으며 읍내 장날 찾아내다가
새 삐뚜로 나는 저녁놀에 넋장 놓는다

조각달 띄워올리며 어둠이 내리고
하늘은 연신 불팔매를 날리며
밥만 묵고 사나, 밥만 묵고 우째 사냐고
부엉이 불러 늙은 성을 건드려놓지만
외로움도 저녁밥 냄새에는 영 힘을 못 쓴다
무너지는 허리 악착 일으켜
콩잎 뚝뚝 따서 치마폭에 담는다

옹당못가 억새들아 체머리 흔들지 마라

푸른 신경 마디마다 독을 품은 엉겅퀴처럼
단 한번의 궁상도 없이
먹고 사는 일 외엔 영 시큰둥한 아낙들 있다
우리나라에서 제일 잘 늙은 절집 같은
그런 사람 이 땅에 수타 있다

참 환한 세상

파꽃 한번 오지게 둥둥둥 피어난다
거두절미하고 힘찬 사내의 거시기 같다

단돈 만원도 안되는 원수 같은 것들이
탱탱하게 치솟는 풍경을 흘겨보던
등굽은 늙은이 입술 묘하게 비튼다
빗장거리로 달려들어 북소리 물고
둥둥둥둥, 북소리 물고 달려가는
저 수여리들의 환호작약에
늙은이는 왈칵, 그리움도 치살려본다

내 아직 펼칠 뜻 없는 건 아니리
시간이 마음을 압도하는 벼룻길일지라도
북소리로 팽팽하게 펼쳐 보일 수 있으리
화살 되어 궁궁궁궁 달려갈 수 있으리

연꽃이 게워내는 법구경보다
참 노골적으로

욕망의 수사를 생략하며
무궁무궁 피어나는 파꽃의 절경에 젖은 늙은이
젖 한통 오지게 빨고 웃는 아이 같은
저 늙은이 파안
저승꽃 만발한 서러운 절창!

세상 참 환하다

저 노인에게 바치다

늙은 암소의 뿔 위에 와서 노는 달이라면
저 노인의 왼쪽 가슴에 꽂아주어도 좋으리
백발 성성토록 입 꽉 다문
자물쇠 같은 노인의 필생에
조금은 수척한 달이라면 좋으리
숱한 세월이 먼산 보며 비껴간 왼쪽 가슴에
신새벽,
늙은 암소 뿔 위에 놀러온 달이라면
입 꽉 다문 고자의 낡고 지친
현, 울려 한 소리 낼 수 있으리
스러져가는 하현이라면
한 소리 파격으로 들을 수 있으리

도망자의 오지

삐걱이며 푸른 달밤을 걸어와
발바닥 물집을 푸는 나무 그늘 아래
담배 한대 오래 달게 태우며
어둔 마을로 간절한 눈빛 투망질하다
푸르르, 푸르르 진저리친다
오체투지로 달려든 농사 다섯번 말아먹고
하찮은 밥상 위의 질서마저 무너지자
빚잔치도 없이 내뺀
도망자의 오지

인간의 마을로 왔다 가는 새벽 산짐승 같은
조악한 뒷모습,
난쟁이 똥자루만한

너무 짧은 생

젊어 죽은 이의 부음은 생트집이다
비끄러매는 아낙 손아구 기연시 뿌리친
너무 짧은 생은 기도 안 찬다
수치로 잴 수 없는 사람 마음에서 마음까지
거기 닿으려고 눈 시뻘겋게 살았건만
사람은 사람에게 다치고 짐승처럼 운다

샛바람의 풍문을 좇는 칡넝쿨 아래
슬픔을 그리움으로 몸바꾼 이들이 와서
주춧돌 삐딱하게 놓은 암자 틀어 들앉는다
붉은 울음 낭자한 하관의 아우성,
우듬지의 잔양을 어둠에 버무리며
우지끈! 해 떨어진다
푸른 산그늘이 마을까지 갔다가 온다

생량머리에서 막사리까지
삶에 주의 깊은 미망인 그믐치에 젖으며
성난 몸 버거워도 발뒤꿈치 들고 와

묵언정진, 절 하나 지었다가 허물었다가
저리 하찮은 세상 몇천번 눈금으로 재다가
비로소 제 마음속 목탁소리 듣는
생의 외경을 가슴에 탁본해 간다

저 잔잔한 평화

앞니 다 빠진 늙은 사람이
서른 전에 죽은 아비의 산소를 찾다가
생판 낯선 무덤에 엎드려 중얼중얼
오래 무릎 꿇은 모습이 찡하다
아비보다 사십년을 더 산 늙은 자식이
젊은 아비의 가슴패기 쥐어뜯는
저 잔잔한 혼란을 저녁놀이 덮어준다

간 맞춘 인간의 음식을 그리워하는
주인 없는 묏등 여럿 품은 산아래 마을에는
에멜무지로 데리고 사는 뜬계집,
시근머리 없는 젊은 여자도
일 나간 남자를 기다려
소물솥에 중얼중얼 물 끓이는 저녁답,
붉게 젖는 소태나무 그늘이
회돌이봉을 팽팽하게 당겼다가 놓는다

까투리 내린 자리에는 오래 머물 수 있다

아직 어린 몸 끌고 계곡을 떠돌며
멈추면 얼어붙는다고 길 재촉하던 물소리가
쇠지랑물 흘러드는 마을 휘돌아와서
어린 몸 완성하여 강을 이룬다
적멸보궁의 길을 묻는 사람들 머리 위로
장끼 몇마리 으하하하 튀어오른다

짚은기미에서 만나 보라

가령 그대가 다산의 애절양을 읽다가
장엄한 문장 앞에 절망했다면
짚은기미 한 사내의 내력을 들어보라
하늘을 높고 깊고 짙게 하는 노고지리나
노고지리 눈빛을 벼려주는 푸른 하늘은
짚은기미 사는 한 사내를 떠올린다

스물 근처 깐깐오월에 장가들었다가
데릴사위 두해째 어정칠월에 내소박당하고
입 닫고 귀 닫고 마음 닫고 쉰다섯해,
제 눈빛에도 굳은살을 박았다
우걱뿔이마냥 살아온 늙은 고자의
고해성사로 쌓은 돌담 밑에는
산꼬대를 피해 내려온 짐승들이 단잠에 든다
작달비같이 채찍비같이 된여울같이
구절양장으로 퍼올리는 내력은
참수된 고사목에 감기는 우레소리를 닮았다

세상의 이치가 닿지 못하는 사내의 일생은
밝음과 어둠의 삿대질로 뒤엉키는
일출이나 일몰에 가깝지 않고
한 목숨 살처럼 쏘아 서리서리
짙푸른 하늘에 가닿는 노고지리에 가깝다

옛날 영화를 보러 갔다

고봉밥 한그릇
풋고추 몇개로 무너뜨리는
삼복더위 늦은 점심 참에 불쑥 찾아온
생면부지의 사내 소매 붙잡고
식은밥 한술이라도 요기는 하고 가라고
비끄러매네, 저 노파

문지방 타고 앉아
물밥 한그릇 뚝딱 해치우고
공손하게 허리 숙이며 돌아서는 사내에게
허리춤 풀어 지전 몇장 쥐어주네
기연시 쥐어주네, 저 노파
십년을 똥칠갑하던 친정 일가붙이
일자소식, 필생의 한 기별

삶이 진창이었다면
죽음도 때로는 왈칵! 반가운 기별이네
기쁘게 꽃다발 바칠 일이네

죽음의 기별이 닿는 마을

사람이 죽는 일은 너무 분답다
민내 남뱅이 돌아 지늘 쪽으로 한 패
동지방 미느리 거쳐 후리방으로 두 패
비깥재내미 들러 질구지로 또 한 패
장골이들 불러 골골마다 통기한다
차마 기별 못할 몇몇 척진 사람에겐
발치 넓은 양반 장터거리 보내
헛기침 섞어 넌즈시 귀띔해준다
눌치 살던 회롱어른 한 소식 얻었노라고

인연 닿은 사람마다 한 기별 찾아든다
끝물 고추 악착 익는 벼랑밭에서
땡볕 한줌도 아껴 쓰던 사람들은
늦서리 후려친 고춧잎처럼 생을 기습당한다
죽음의 기별이 닿는 마을마다
엇 뜨거라, 놀란 가슴은 남은 생을 꺼내놓고
소물솥에 물 끓이며 제 속도 펄펄 끓인다
부고는 생을 간섭하는 자객으로 온다

정뿌뜰 평전

죽어서야 마을 사람들 죄 불러모아
술 사고 떡을 빚어 잔치하는 사람을 안다
평생 뉘 집 경조사에도 부조한 바 없는
그는 살아 별명이 미제 자물통이었다

개등드리* 같은 땅에도 씨를 뿌린
정뿌뜰씨 평생은 악착스러워
일원도 재물, 망개도 과실로 여겼다
귀신도 뒤꼭지만 보면 피한다는 말
무단히 나온 소리 아니다
뉘네 집에 놀러오라 해도 허투루 가지 않았다
하다못해 낫 한자루는 들고 가
그 집 숫돌에 날 세우고 한참을 놀아주었다
머리카락에 홈을 팠던 그의 신념은
일원도 재물이고 망개도 과일이었다

죽지 않고 오늘을 본 것이 천만다행이여
이렇게나 걸판지게 차려낼 줄이야

살아, 십원짜리 하나로 발발 떨더니
독하게 살아 에움길도 많더니
오늘은 충만하니 우리 죄가 깊다며
동네 사람들 모처럼 낮술에 취한
마을장,

장작불 괄다

　*개의 등.

젊은 죽음은 외설이다

인간의 마을에서 분가하는 사람을 따라간다
애젊어라, 저 어리비기
삶을 송두리째 생략해버린 불손을
오냐, 그래 오오냐
비로소 고개 주억이는 늙은 아비
저승꽃 그늘에 꿇어앉아
두건자리 하나 낭랑하게 축문을 읽자
짧게,
마른번개 한가닥이 골짜기로 파고든다
마침내 하늘도 허락한다는 것이다
오냐, 그래 오오냐
서울 가는 기차가 굽잇길에서
풍덩! 노을 속에 빠진다

축문소리 끌며 돌아가는 산모롱이에
낯선 묏등 하나,
누가 또 여기 와서 문패도 없이
일가를 이루었구나

제2부

저 푸른 문장

늙은 암소 눈망울에 사람의 눈물 고인다

빈손 탈탈 터는 가실 끄트머리
피라미떼 지느러미가 물이끼를 닦아주는
징검다리 징검징검 건너
빚진 애비 무르팍에 살얼음 낀다

귀때기 새파란 것들
열목어 같은, 푸른 문장 같은 아이들
빚진 애비 그늘에서 살다
빚진 애비 파묻고 온 늦은 밤

귀때기 새파란 것들
추녀 기울어 이끼 낀 가업 속으로 걸어들어와
담배연기 풀풀 날리며 가업을 걱정한다
소주잔 기울이며 세상을 감당한다

열목어 같은, 저 푸른 문장들

그렇다, 덮어주는 법이다

자 서치 오푼은 좋이
똥개 일가친척들 새가 빠진다

내장부터 숭숭 성걸어서
너나들이로 중복더위 즐기는
거친 사내들의 복들임 자리 저쪽,

울 밑에 죽은 쥐 뱃구레 썩는 자리에
펄펄 끓는 물처럼
들끓는 구더기떼서리 참혹타!

지나가던 가시내가 그걸 보고
우웩, 게워올린 것을
한바탕 소나기가 빨아놓은
저 밥풀떼기의 옹송그림이라니

놀라워라, 저녁답에 보니
누군가 그 자리를 흙으로 덮어놓았다

지게를 진 노인

오래 닳고 낡아 헐렁하다
일자무식의 가난과 드잡이질로
휜, 등!

그 죄 참 깊다
ㄱ, 소리난다

아직 밥숟갈 못 놓으니
똥고집의 달팽이처럼
짊어지고 나간다
나의 섬돌이었던
지게, 지긋지긋하다

폐허의 자갈밭 같다
수정된 문장처럼

격이 훨씬 떨어진다

풀잎에게 듣는다

초록도 짙으면 트집을 잡는다
막무가내의 은해사 단풍나무
격렬한 토악질에 기가 질린 잡초들,
생트집의 불꽃으론 타오르지 말자고
졸곡날 목이 쉰 축문소리로 깊어지는
이 가을, 풀잎에게 듣는다

— 절집 사낸들 제 몸을 꽃피우고 싶지 않으랴

초록도 짙으면 불꽃이 되는 것,
불꽃은 너무 결정적이라고
풀잎이 근육질의 초록을 벗어내린다
일가친척들 어깨 위로 서리치는 가으내
제 무덤인 극지의 하늘까지 솟거해서
눈발을 떨구며 청둥오리 돌아올 때,
마른 풀잎에게 듣느니

— 단풍의 감옥은 닭의 볏에서 찾아라

아이엠에프, 이 객승이 놀러 왔네

어둠이 추앙하던 관솔불 사위어가자
시퍼렇게 휘파람을 날리며
아엠에프, 이 객승이 놀러와
기둥뿌리 휘는 멸문지화로 잔치하네

스물 전후 표표히 길 떠났던 자식들
무장해제 당한 채 똥줄이 타서
옛집을 찾아 중얼중얼 돌아오고
우리는 열명만 모이면 소를 때려잡았네
팽팽해진 망치의 긴장을 틀어쥐는
저 눈부신 자해!

덜컥 세상을 내려놓고
똥칠갑의 가죽을 벗은 소는 치열하네
잉걸처럼 되살아나는 진신사리,
핏물 드는 통고기를 씹으며
몸을 버린 소의 눈을 지켜보았네
북소리 그렁그렁 고인

적멸의 경

푸른 그림자!

붉은 소가 남긴 사람의 노래,
두웅, 먼 소리 달려와 이마를 짚네
젊은 마음속 짐승 한마리 가만 눈뜰 때,
달은 보름 가운데 있으나
세상은 그믐 쪽이네

고로쇠나무

저 나무에 또아리 튼 격랑의 흔적은
악다문 잇바디로 엮은 백이숙제의
사초처럼 참혹타
떼거리로 헌혈 당하는 고로쇠 가슴에
숨어 우는 삭풍이며 우레소리가
휘어져 치솟다 내달리는 물결 같다
사람의 일도 저와 같아서
사는 일로 억장이 무너져야 안다
초하루 보름에 기대어 우는 상주는
일년 탈상을 치르고서야
슬픔의 고요에 가닿을 수 있다
그러면 고로쇠나무도 아는 것이다
마음의 독을 한칸 더 올려
고생고생하며 밀봉된 봄 쪽으로
고장난 몸을 수리하러 가는
고로쇠 가슴에 까치독사가 또아리 튼다

아름다운 폐허

농사 작파하고 삼년 안에
억새 창궐하지 않으면
폐허란 그런 것이다

사람의 길을 버리고 산으로 간
사내의 어린 여자가
부처 머리로 돌담을 쌓았다면

폐허란 그런 것이다

흑백의, 아름다운, 즐거운 폐허

사람들은 어디로 길을 내느냐
해와 달을 불러 광야에 폐허를 세우는
인간의 길을 새는 걸어가지 않는다

통쾌한 꿈

후레새끼!

십이년 만에 만난 아버지는
거두절미하고 귀싸대기부터 올려붙였다
이놈아, 어쩐지 제삿밥에 뜬내나더라
지독한 흉년 들어 정부미 타먹느라
똥줄이 타는 줄 알았더니
어허야, 네놈이 귀신 눈을 속였구나
이런 쳐죽일 놈! 뭐라꼬?
쌀농사는 돈이 안 된다꼬?
물려준 땅 죄다 얼라들 주전부리나 할
복숭아 포도 그만 허드렛농사만 짓고
뭐? 쌀을 사다 처먹어?
그것 참, 허허 그것 참

이노옴, 내 논, 내 밭 다 내놔라아!

밑닦이에 대한 유감

요즘은 똥구멍도 호강하는 세월이라고
짜증 섞어 뭉텅뭉텅 신문지를 자르며
할마시는 많이 섭섭한 모양이다

빚진 애비 적에는 정낭 구석자리에
새끼줄 걸어놓고 돌려가며 밑을 닦았다
슬픔에 밥 말아먹던 시절 칙간에는
물 뿜어 두드린 짚단 세워놓고
그중 몇개 겹겹 접어 뒤를 닦……
할마시의 분기는 가위에 손을 다친다

오늘, 못자리하다말고 똥누러 갔다 온
네놈 짓거리는 가히 포스트모더니즘이다
냇가의 그 많은 돌멩이 풀들 놔두고
버들치 지느러미 힘을 키우는 맑은 물이며
청개구리 혓바닥 같은 나뭇잎도 버리고
팬티 벗어 닦고는 버리고 왔다니……
참, 과타

청사리

여보세요, 여보세요
짙붉은 시월 햇살이 은밀하게 속삭여도
시큰둥,
타는 가슴으로 유혹해보아도
시큰둥하더니
콧방귀 뀌며 외면하더니
이 가을 다 저물도록 시큰둥한
저 푸른 능금

청사리

반가사유상 걸어가다

나라를 훔치고도 성한
세상 이치가 버거워
턱 괴고 앉은 반가사유상

입 꽉 닫고 곰팡이를 키우더니
관절 마디마다 녹이 슬어
들끓던 눈빛에도 살얼음이 앉더니……

천년 바람에 귀는 열어두었던 모양이다
마디 굵은 거친 손 턱에서 거두며
한소리한다

세상을 훔치겠다고?

뚜둑, 관절을 풀며
반가사유상, 걸어간다

쇠비름풀

중복 무렵 콩밭머리 청석바우에
쇠비름 한아름 뽑아 던져두었다

한 이레쯤 지나 물꼬 보러 가다
청석바우에 무심코 눈길 주는데

어따, 몸살 한번 독하게 앓았네
이제 슬슬 내려가볼까

쇠비름이란 놈 청석바우에 뿌리 박고
몸 한번 휘청 흔들어본다

땅이 바짝 타들어가는 가뭄에도
물 한 동이쯤은 품고 있다는

쇠비름이란 놈 삶의 형식이 이마를 친다
쭈그러진 내 남근이 화들짝 놀란다

한국농업 略史

된서리 치는 새벽에 경전을 불살라
계집과 사내가 활활 열꽃을 피운다
절도 중도 다 쓰러뜨린다
기쁘게 아편을 씹으며
성소의 고요를 격렬하게 물어뜯을 때,
누가 나를 부르는가
서늘한 기운이 뒤통수에 닿는다
계집이 사내를 휘감는 법당 근처에서
누가 깐족깐족 경을 읊는다

아침에 소피 보러 밖에 나가니
오, 저 놀라운 감응
지독한 불륜의 복상사라니,
매화란 년 교태에 살얼음이 박혀 있다
누가 나를 부르는가,
꿩 울음 꽝꽝 얼어붙는 보리밭에서
절름발이 고지기 내외가
꽝꽝 서릿발을 밟고 간다

조상이 나를 아프게 한다

불혹이면 그리움도 병이 된다
어기찬 노역의 끝 가을이 당도하자
오는구나, 멀리서도 넉넉한 울타리더냐
참척의 두메, 문풍지 낡은 사랑채에는
서릿발 푸른 슣도 어깨가 휜다

사람에게 간맞춘 음식으로 조상을 불러
조상의 제물로 인간의 배를 채우는
너휜 불혹을 넘긴 서리 치는 중늙은이,
무슨 신호처럼 꿩, 울고 가는 까투리 소리에도 놀라
궁상궁상 벼랑길 타는 세간의 궁상을
세상과 싸우지 않는 가을산에게 들킨다

형제들은 죽어 흔적을 남기지 않았으니
나는 몸이 식어 더운 사랑도 잃고 살았으니
언짢은 시절에는 살수록 말이 궁해지고
이 가을 조상이 나를 아프게 한다,
낫날에 다친 손등에서 피가 듣는다

까닭

지평선이 움직인다
누가 풀밭을 쟁기질하나보다

수평선이 근육질로 꿈틀거린다
만선의 고깃배가 돌아오나보다

저 장엄의 화엄계가 술렁이는 건
사람들이 열심히 살고 있다는 것이다

하늘과 땅이 가슴을 포개어
가슴 사이로 새들을 날려보내고
해와 달을 불러들이는

저 지평선 장엄한 평강고원에서
강냉이 따는 사람의 웃음을 본 적이 있다

농사꾼은 빈 몸으로 들에 나가지 않는다

빈 지게를 지고 돌아올지라도
농사꾼은 맨몸으로 들에 나가지 않는다

상업학교 나온 내 친구 동철이 첫 월급 타서
부모님 선물 중에 라이방도 하나 끼워넣었다
돌목어른 머리털 나고 처음 라이방을 쓰던 날
두충밭으로 빈 지게 지고 나가다 되돌아와
똥물 한통 퍼담아 지고 나갔다
그게 사단이었다
마차골 입구에서 돌부리가 어이쿠 발을 걸었다
돌목어른 똥물 뒤집어쓴 채 퍼질러앉아
허허 참, 그것 참, 혀를 끌끌 차더란다
산초 캐러 갔다 오던 아낙 둘이 보았단다
눈 똑바로 뜨고 보았단다, 몇번이나 보았단다
라이방은 별탈없이 반듯하게 걸려 있더란다

산그림자만 한 마당 짊어지고 올지라도
농사꾼은 빈 몸으로 들에 나가지 않는다

제3부

밥상 위의 안부

오늘도 식당밥으로 점심을 이우셨군요
은유와 상징으로 맛보신 농촌은 어떠했나요
표고버섯 고사리 도라지 바지락에
된장국 곁들인 삼치구이 백반을 드시다가
버릇처럼 간혹 손이 간 김치 몇조각이 혹
그대 입맛을 다치게 하지는 않았습니까
얼핏 젓갈냄새 풍기는 김치쪼가리
걸쳐 먹은 밥 몇숟갈에서
몸파는 어린 조국의 안부를 들었습니까

오늘도 밥상 위에서 안부를 묻습니다
우리에게 나라는 무엇입니까
흑백의 거친 폐허를 거처로 삼은 사람들이
북만주나 외몽고에 전세 들고 싶은 날,
생인손을 앓는 목민심서 문장 속으로 들어가니
토사곽란의 길 끝에 잘 늙은 절 하나,
시줏돈은 색주가에 다 퍼날렸는지
俗때 묻힌 대웅전은 장엄하나

요사채는 기울어 덧쌓인 폐허입니다

짐승의 피를 달래 인간을 이롭게 한
옛 사람의 손길은 산중까지 닿아 있는데
무엇을 못 이겨 대들보가 무너지는지
늙은 젖무덤 같은 산허리 꼬집어 물으니
우야겠노 우야겠노 중중대는 물소리 끌며
물거리를 한짐 지고 노인이 산을 내려갑니다
입술이 붉은 수다새들만 들락거리는
이 절간에서 빌어먹던 중은 출타중입니다

장엄한 하루

매미의 일생을 짧다고 말하지 마라
일자무식의 저 용맹정진을 보아라
단 한번도 생을 탕진할 줄 모르고
매미소리가 맹렬하게 뙤약볕을 쳐부수며
하루를 살아내는 일은 장엄하구나
그렇다, 나는 반성해야 한다
창자 끝을 비트는 지독한 허기처럼
사는 일에 성난 채로 해와 달을 불러
산 넘고 물 건너갔다가
이리 하찮은 제 생을 다쳐보지 못했다고,
네 삶은 불쾌함의 품계에도 없는
풋고추처럼 비리다고
퉤퉤퉤퉤, 풋내 난다고
매미소리가 맹렬하게 나를 쳐부순다

매미의 하루가 이렇게 장엄할 줄이야

비교우위론에 대한 나의 견해

폴리네시아 원주민에게 난로를
에스키모에게 냉장고를 팔아먹었다면
자본주의 정신의 극치라네
미국 하원은 제 나라 방위를 위해
북한산 무기 구입안을 통과시켰다네

우스갯소리가 아니다
비교우위론이 세계를 끌고 간다

자본주의는 간통처럼 음흉하다네
똥 묻은 팬티라도 팔던 세월은 갔네
쌀농사를 버리고 주전부리 농사로
내남없이 외통수만 노리니
희망은 늙은 좆처럼 시들었네

엄살이 아니다
비교우위론이 세상을 질질질질 끌고 간다

도망의 나라

무서리 치는 개차반의 세월을 피해
싸게 가자, 싸게 가자
고무신 자꾸 벗겨져 비칠대는 아낙의
손아귀 틀어쥐며
냅뛰는 머슴놈 가슴 타듯
단풍, 물크러진다
거품 같은 절정의 한세월을 끌며
남행길을 타는 단풍
활활

도망의 나라

묻는다

밥 먹었나? 묻노니 밥이나 먹었나
어린 자식들은 굶주림에 쫓겨
떼거리로 어미의 품안에서 도망갈 때,
두만강 저쪽 풍경을 관광상품으로 걸어놓고
지평선에 '생각하는 사람'을 매달아놓고
밥 먹었나, 밥이나 먹었나?
개발에 편자나 박다가
폐사지로 몰려가 쥘부채를 흔들며
소가지가 좁은 '생각하는 사람'으로 앉아
밥 자셨나, 고봉으로 자셨나?
문전옥답에 과일나무 키운 세월을 꾸짖으며
젊은 사내들이 불땀 흘려 나락을 키울 때,
밥 먹었나? 밥이나 처먹었나?

여봐라!
저 걸신 아가리엔 회다짐이 제격이겠다

꽁치 과메기

유사 이래, 인간의 총애를 받은 바 없는
옹색한 가문의 꽁치 명색에
와불처럼 용맹정진 선에 들었습니다
지상의 찬바람과 햇볕에 육체를 연마하여
인간들에게 눈부신 정신을 바치려고
새벽까지 한사코 꽝꽝 얼음을 박았다가 풀며
그믐에서 보름까지 달빛에 몸단장도 하면서
동지섣달 산전수전 고스란히 다 겪습니다
결빙과 해빙의 경계에서 절묘하게
마침내 결박을 풀고 과메기가 되어
인간들의 거룩한 저녁 술상에 오르려고
북어처럼 용맹정진 선에 들었습니다
얼림과 풀림의 그 경계에서

고사리에 대한 생각

제삿날 제상에 오른 중국산 고사리 본다
예닐곱살 어린것들의 손가락, 손가락질 본다
채미가를 부르며 죽어간 사람을 생각한다
부황의 날들을 견디며 아편처럼 씹었을
고사리는 아우성이 잠든 삶의 경전 같은 것,

백이숙제도 저 손가락질엔 기가 질렸을 것이다

완장에 대하여

돌상놈은 우리 문중 출입 못하네
이 사람 출입 '쯩' 있나 내 한번 물어봄세
자넨 완장이 몇인고?
장가들어 처음 처가 갔던 날 밤에
새신랑 다루러 온 사람이 물었습니다
느닷없이 완장이 몇개냐고 물었습니다
어깨에 차는 그 완장 말입니까?
그렇게 되물었다면 꼼짝없는 함정이지요
내 이미 어릴 적 집안 어른들이
새형님 새아재들께 묻던 말 모를 리 있겠어요
수클 좋아했던 옛 사람들
남의 백부 중부 숙부를 완장이라 했으니
내게 숙부님이 계셔 완장어른 한 분이지요
그렇게 대답한 뒤 처가 마을에선
문중 이루고 사는 놈은 역시 다르더라고
이서방 그놈 제법이더라고 칭찬한답니다
내 이미 새신랑 다루며 써먹었던
완장 덕을 톡톡하게 보았던 셈이지요

옛날 영화를 생각한다

기억도 아슴하다 여덟 아홉 살,
산판 갔던 아비가 돌아온 봄날이었던가
눈내 나는 이불 밑에서
하얀 고무풍선을 줍곤 하던 아홉 열살
냉이꽃 어지럼증을 궁상궁상 게위올리며
물소리 찰방찰방 옛 생각 떠올려준다

얼굴 붉힌 아낙은 큰놈 불러 꼬드겼다
니 동생 데리고 점빵 갔다 오너라
왕눈깔 사탕에다 건빵도 사 먹고
막내 다칠라 조심조심 오래 놀다가
집에 올 땐 저만치서 호갈 불며 오너라

아비가 먼데서 돌아오는 날,
장자는 밖에서 기쁘게 호갈 불었다
무슨 신호처럼 길게 부는 호갈소리 끝에
꾸역꾸역 터지는 복사꽃을
장자는 아직 의심할 줄 몰랐다

이정표를 세우다

한 손을 입 안에 처박고 있는 놈
머리 외로 꼬고 너털웃음 웃는 놈
턱 괴고 앉아 심각한 놈
뭔가를 걸신처럼 처먹는 놈
무릎 위에 호랑이 앉혀 데리고 노는 놈……

무슨 뜻이었을까,
인간의 표정을
오백스물여섯 가지로 채집해놓은
오백나한절* 산문 안에서
저 여자 배흘림기둥으로 서 있네
배흘림기둥의 이정표로 서서 알리네
내 사랑을 거부하던 여자,
언제 한 남자의 사랑을 자궁으로 받아들여
내게 배흘림기둥의 이정표를 보여주네
속살 붉게 태우는 복사꽃숭어리
내놓고 간질간질 지랄병을 앓는 봄날
짧게, 소용돌이치는 현기증 끌며

모롱이 돌아가다 기웃거리네, 그 여자 혹
거조암 오백나한상이 아니었을까
내 마음의 이정표, 배흘림기둥

＊은해사의 말사인 거조암에는 오백나한상이 모셔져 있다.

암캐 잡은 셈 치다

한 사내가 있었지요 어느날 사내는 주막에서 늦은 저녁 시켜놓고 고민에 휩싸입니다 국밥에 탁배기 몇 사발이면 주머니는 동이 날 텐데 안주값이 없다는 사실이 사무치게 아팠습니다 그 사내 사추리 밑에 손을 넣고 궁상궁상 번민하다 불쑥 주모 불러 이 집에서 그중 먹을 만한 안주가 뭐냐고 묻습니다 글쎄요…… 개고기라면 그중 잡수실 만할는지…… 말 떨어지기 무섭게 그 사내 개불알 한접시 주문합니다 다른 고기는 한점도 섞어선 안 된다고 강조합니다 개불알을 한접시 주문한 사내, 우리는 그를 전두환이라고 불러도 좋습니다 아 백담거사, 국밥 몇 숟갈 탁배기 한잔 개불알 몇점 교대로 비애도 없이 늦은 저녁 결판지게 먹은 뒤 주모더러 얼마냐고 묻네요 의기도 양양하게 비애도 없이 당당합니다

보소, 저 양반 백담거사, 행주치마에 묻힌 주모 두 손 잡고 출출하던 참에 얼요기는 되었소 무엇보다 간이 맞아 다행이었소 중얼중얼 너스레까지 떨며 엽전 몇닢 쥐어주고 휘적휘적 걸어나갑니다 주모 깜짝 놀라 도포자락 휘어잡으며 나으리 안주값, 개불알값은 주고 가셔야

지요 바람에 스치는 풀잎처럼 어깨 흔들며 칭얼댑니다
그러나 백담거사 주모 가볍게 밀치며 한마디 툭 던지고
팔자걸음으로 사립을 나섭니다 이 무슨 짓거리냐는 듯
주막 강아지 콩콩 짖습니다

  마 암캐 잡은 셈 치소

사람의 죄

좋구나, 북상의 도망길
타는 꽃사태 위로
된서리 서리서리 퍼부은 새벽
사람은 무릎 꺾는다

씨나락 떡 해먹고
쌀농사 작파한 처사,
보리씨로 질금 만들고
종자밀 누룩 빚어 잔치한 죄,
몸보신 약초나 가꾼 죄
어찌하리, 그 죄 다 어찌하리

곡소리 난다, 영하 몇도에서 결빙된
사람의 죄,
복사꽃 낱낱으로 밝혀지는
그 사람 죄의 곡절

파젯날 울다

거랑가에 소 매놓고 한나절을 울었습니다
늙은 소가 우러르는 하늘이 지렁*종지기 만한 곳,
삼형제는 평일이라 달랑 큰며느리만 왔습니다
문중 이루고 사는 동네 타성바지라
소문날까 문 닫아 걸고 음식 장만했습니다
제사 순서 모르는 어리비기 여자 둘이
그냥 대충대충 절만 몇번 하고 말았습니다
살다보니 일가붙이 없는 것도 다행이라 여기다가
보름치에 젖는 노루울음에 가슴 덜컥했습니다
다섯번째 돌아온 영감 제사 파젯날,
물소리 자란자란 꺽지를 키우는
거랑가에 소 매놓고 한나절을 울었습니다
일찍 죽어 삼형제 불효자 만든
영감 미워 한나절을 울었습니다

  * 간장.

시린 풍경

분기탱천의 불길이 볶는
도가니 속

오랜 어둠의 재갈을 풀고
사뭇 시비조로 치솟는
푸른 촉수

동동팔월
불볕의 융단폭격도
어쩌지 못한

소금보다 짜고 매운
세간의 독한 섭리

염천의 가파른 벼랑길 타는
저 푸른 촉수,
서릿발 같다

제4부

독상을 받다

시래기국 추바리 조악한 만큼
소금내 풀풀 날리는 돌나물 짠지,
고들빼기무침 소태라도
예 와서 찾은 일품의 시금장맛이나
멸치 여남은 마리 머리 처박은 꼬장 종지기
환하게, 일흔살 할마시 붉은 마음을
독상으로 받았네

'왼손잽이들계'라고 농민회를 싸잡던 할마시,
장골이들 먹성에는 남의 살이 좋은데
괴기 한 모타리 없어도, 요기는 하고 가라고
방송차 몰아 농민대회 알리러 간 나를 불러
기연시 반주까지 권하며 옴니암니
곧잘 나랏일도 간섭하는 딱밭골 할마시

남의 살, 괴기 한 모타리 없어도
개다리소반 휘는 붉은 마음의 뜨거운 악수,
독상 받고 나, 생을 앓았네

늙은 내외

아들 내외 일하는
저만치
늙은 내외 눈빛도 정답습니다

바람 한점 없는 복상밭,
귀때기 새파랗던 가시내들 눈가에
무르익는 저 절정

지나가던 새가 잽싸게 뛰어들면
늙은 내외는 왈칵 가슴 다쳐서
신방 지키는 장모처럼 빈 팔매만 내쏩니다

후여,
햇살 다칠라

비교우위론자를 비꼬다

마른번개 퍼붓는 세상의 이치를 두고
절에서 부처의 말을 구해왔구나
세상만한 경전이 어디 있다고……
죽비로 뒤통수 치는 선문답이다

끙, 돌아앉은
세상을 봉한 채
일자무식의 경전 아래
복상꽃 불경불경 잔웃음 흘린다

천둥벌거숭이 옛날 중 하나
자루 빠진 돌도끼를 화두로 삼아
과부에게 생을 공양하던
관음의 새벽,

뜨겁게 불붙어 사나워지는
근친상간의 복상꽃을 흔들다
은해사 북소리가 텅, 숨을 놓는다

과부는 홀아비를 그리워하네

국환이형 마흔일곱에 홀아비 되었네
조선족 아내는 도망가고 호적을 파버렸네
식은밥 물에 말아 서둘러 허기나 끄는
유복자 홀아비가 안쓰러워
혼자 사는 얌전이 엄마 몰래 와서
밑반찬에 약오른 고추도 놓고 간다네

된장 듬북 찍은 고추 깨물던 홀아비
눈물 왈칵 쏟는 불쾌함에 아아, 탄성을 지르며
고추 몇개로 고봉밥 다 비운
국환이형 이마에는 불땀이 흐르네

얌전이 엄마 그리움이 얼마나 사무쳤을까
부실한 밥상에 약오른 고추로 앉았다가
홀아비 입안에서 덥썩 씹히고 싶었을 것이네
활활 열꽃을 피우고 싶었던 것이네
산 첩첩 무덤가에 지팡이 짚고
기진맥진 피어나는 할미꽃 같은 사람아

가장의 연말

귀신 눈은 속여도 이건 못 속인다
두 해 농사 망하니 삼대가 휘청거린다
농협 빚 독촉이 줄파발을 놓는다
노망든 노인은 동네방네 똥칠하고
공장 나가는 여편네 눈빛이 불손해져도
아들놈 소이까리 끌고 나갈까 두려운 연말
붉은 머리띠를 질끈 매는 가장의 연말

소 아홉 마리 몰밀어 사백오십에 넘기고
수표 몇장 받아쥔 마음 자갈밭인데
새파랗게 배코를 친 놈이 와서 칭얼거린다
생똥 묻은 소이까리 하나 쥐어주고
저놈의 생을 통째로 탁발해오고 싶은데
누가 쇠말뚝에 묶여 낑낑거린다
⋯⋯놔라, 인자 마 갈란다!
벌떡 일어나니 아랫도리가 축축하다

내가 세상을 아갈잡이했던가?

단천령의 달
농성장에서

산맥들이 옹립하는 독야청청 달이 뜬다

한양 건달 단천령이 빨치산 산채에 놀러 가
꺽정이에게 던진 풍자는 벽초의 압권이다

"달(빛)이 횃불 연기에 끄슬리겠소"

딴소리하지 마라
꺽정이는 분노를 안으로 감추고 있다
쌀을 질타하여 밥이 되게 하는
끓는 물, 끓는 물소리 듣고 있는 것이다

폭포는 가던 길을 내던져서 타오르는 불,
바른고짜로 들쑤시겠다

오만방자한 저 통속, 단천령의 달
천둥벌거숭이

비교우위론에 대한 경고

게릴라전을 펴는 비교우위론에서
쌀은 굶주린 자의 빛나는 희망이 아니라
살아남을 자의 생애를 대변합니다

소말리아의 죽음잔치는 인간의 예언입니다

왼새끼를 꼬다

아버지 날 낳아 금줄 치실 때,
일품으로 꼬아 나가셨을
왼새끼의 맵시처럼 단아하게
참 일품으로
어기차게 왼세월을 틀어올려
산지사방으로 늠름하게 뻗어나간
등꽃불 환한 나무야 저만큼 나앉거라
오늘은 나도 왼새끼 꼰다
참 일품으로
단아하게 꼬아올린 왼새끼를
대문간에 처억 걸어놓고 싶었던 것이다
왼새끼 사랑, 왼새끼 사랑

장한율

절단났다
딸딸이 아빠 또 도끼질* 해뿌렀다
겁나게 쌍도끼질 해뿌렀다

한율이 모친 기도 안 차서
미역국은 니 장모 불러 끓여 멕여라
산모 구완 작파하고 딸네집 가뿌렀다

인동 장씨 9대 주손 장한율
내 팔자는 딸 넷에 아들이 둘이여
생소깝*으로 구들장에 불 처지른 뒤
울지 마라, 울지 마라 아내 등 두드리며

절단은 중놈 나뭇단이 절단이여!

　*女兒를 낳았을 때의 은어.
　*생솔가지.

당숙께 듣는다

사내 나이 마흔이면 기품이 밴다
농사란, 한 세월 기다리듯 진득해야 하거늘
농사 짓는 사람이 서림이처럼 가벼워서야……

대저 큰절이란 품위가 있어야 하는 법,
춤사위가 아니니 날렵해선 못 쓴다
꿇어앉을 때에는 왼쪽 다리부터 꿇고
일어설 땐 오른쪽을 먼저 세우거라
발바닥 세워 똥구녕을 들지 마라, 불경스럽다
발등을 바닥에 바짝 붙여
엉덩이를 발뒤꿈치에 얹어라
두 팔은 어깨넓이로 짚고 고개 숙이면
아무리 밀어봐라, 넘어지지 않는다

날벼락쳐도 꿈쩍 않는 것이 큰절이니
농사일도 봄부터 가을까지 그래야 한다
날렵해서 안 좋은 건 큰절과 농사일뿐이다

가슴에 새기다

제사상 진설은 먼저 술잔부터 올릴 일이다
예전부터 가문마다 조금씩 예법은 달랐던 것,
배가 먼저냐, 감이 먼저냐 말도 많지만
굳이 따지자면 우리 집안 내력에는
홍동백서 진설을 취하지 않아
곶감 대신 감을 쓸 경우
배보다 감을 더 쳐주어 앞자리에 놓았다
그것뿐이다
너희들 행여 처가에서 제사지낼 일이 있어
제사상 진설이 다소 틀려 보이더라도
함부로 참견하고 나서지 말아라
옛말에도 그런 법 없다, 다만
그 집안 내력이 어떠한가 눈여겨보고
조용히 가슴에 새겨둘 일이다
사람 사는 일에 어디 길이 하나뿐이겠느냐

집회 현장에서 듣는다

저 가을 나락 농민의 것 아니다
서울을 키운 이 들녘, 농민의 것 아니다
그러면 농사를 짓지 않아도 되나?

아니란다, 서울이 위험하단다
그것이 분한 것이다
저 빈손에서 무엇을 더 앗겠느냐

너희가 머리띠 매고 서울로 간 까닭은
윗돌 빼서 아랫돌 괴는 빚더미가 아니라
아랫돌 빼서 윗돌 괴라는 농업정책 때문이다

빚으로 지은 농사 다시 빚을 지니
잇몸이 없는 입으로 사람은 살아갈 수 있나?

너희 마음속 야성의 짐승 열 마리
백마리 천마리를 일깨워서 키웠구나
십만의 짐승이 서울에서 울부짖고 있구나

풋것이 돈이 된다

나, 매음굴 하나 알고 있네
초록은 날것의 상쾌함을 가져
사내들 풋것이 좋아 날로 찾으니
두멧놈들이 그걸 알고 매음굴 만들었지

뱃살 붉은 복숭아 내음 기똥찬 두메
솜털 보송보송한 것들이 팔려 나가네
덜 익어야 날것의 상큼함을 가졌다고
깨물면 왈칵, 비린내 흘리는
상처의 둘레에 기생하는 연놈들이 달려와
보송보송한 풋것을 한 차씩 싣고 가네

나, 도시에 가서 보았네
노파들 암내 풍기며 쭈그려 앉아
오래 전 우리가 팔아 넘긴 풋것들
비쩍 말라 볼품없는 것들 팔아 넘기기 위해
헤이, 헤이 호객하는 풍경 보고 웃었네
ㅎㅎㅎㅎ 웃었네

上口/下口

　상구 수멍 죄 틀어막고 하구의 제 논에 물대다 들킨 삼보에게 늙은 봇도감 이 사람아, 목구멍으로 넣고 똥구녕으로 싸는 게 사람 사는 염친데 자넨 어째 똥구녕으로 처먹고 아구창으로 싸는가, 대가리 털 나고 이런 경운 처음일세, 봇도감 꼬라보던 눈빛 풀며 삼보 대뜸 내뱉는 말본새

　아 말이사 바른말이지
　들어가는 거야 본디 꺼터머리부터 아잉기요?

　뭐! 뭐?
　꺼터머리, 꺼터머리⋯⋯되씹던 봇도감
　파안대소!

　예끼, 대가린 얻두고 꺼터머리야!

돌구멍절*에서

풍찬노숙의 새들이 첩첩 울음을 덧쌓아
초록을 키우는 은해사 돌구멍절 가면
싸가지없이 세상을 차버린
염소 고집의 한 여자 용맹정진에 들었다
거기, 세찬 물소리 걸린 벼랑에
저토록 뼈아픈 꽃숭어리로 불끈 세운
한 여자의 고백이 나를 때려눕힌다
세간에서 꽃은 사랑의 앙탈이더니
욕정의 시간처럼 격렬하고 화려하더니
나는 처음으로 꽃이 상처임을 알았다

거역하지 말라는 듯 펼쳐진 길은 버리고
냄새로 이정표 세운 짐승의 길을 따라가다
잘 늙은 싸리나무 그늘에서 교미하는
오소리의 엄숙한 눈빛을 보았다
한 가슴 살 떨리게 후벼파지 못하는
그 고요한 눈빛이 나는 싫었다
사랑은, 격렬하게 뒤엉키는 탐닉으로

들끓는 애욕의 바다라고 나는 믿었다
한 가슴 절망으로 내몰지 못하는
그토록 맹한 눈빛이 나는 싫었다

달게 먹은 절밥 한그릇 산 밑에서 다 토했다

* 은해사에 딸린 中嵒庵을 영천 사람들은 돌구멍절이라고
    부른다.

삶의 변방이 낳은 순결한 분노와 깊은 사유

고재종

1

여기 이 땅에서 마지막으로 농촌·농민시를 쓰는 사람이 있다. 이중기 시인이다. 그는 포항 대구 경주 안동을 종가(宗家)처럼 두른 영천에 산다. 영천은 위와 같은 산업과 권력과 관광과 전통의 도시로 통하는 교통의 요충지에 있기에 일찍이 60년대부터 새롭게 중소도시화하면서 자본의 전세계적 침투가 실현되는 역사적 과정을 진즉 겪은 곳이다. 그러기에 영천의 농업도 진즉부터 쌀과 보리 위주의 전통농업에서 사과 포도 복숭아 등의 상업영농으로 바뀌어 시인의 말대로라면 사과 수확철엔 시내 80여개의 다방에 접대부들만 해도 이삼백명이 득시글거릴 정도로 경제적으로 은성했던 곳이다.

이중기는 바로 그곳 금호강이 흐르는 녹전동에서 80년대 중반부터 사과농사와 포도, 복숭아 농사를 차례로 지어오는 농사꾼이다. 그의 오랜 친구인 최영철 시인에 의하면 그는 20대의 10여년을 부산 등지에서 궁핍과 무능과 방랑과 낭만 등의 실존의 옷을 걸치고 여러 직장과 술과 그리고 무엇보다도 시인지망생으로서의 삶을 치열하게 거친다. 그 결과는 세상사의 부질없음과 나라는 존재의 별볼일없음을 일찌감치 깨우친 것. 결국 그는 먹을 것 없는 고향으로 다시 돌아와 부친과 동생 등 일련의 가족사적 비극을 겪고 3대 동안이나 대를 잇지 못하는 종갓집의 양자로 호적을 옮기면서 농사일에 삶을 정착시킨 것이다.

하지만 그 농사인들 어찌 수월했으랴. 이미 그때 우리 농업은 비교우위론자들에 의한 농산물 수입 전면개방의 준동으로 인해 정부조차 폐기처분 신청을 내버린 상태였다. 과일 채소와 소고기는 고사하고 우리 농업의 마지막 보루인 쌀곳간마저 빗장을 열려는 참이었다. 결국 그는 농사를 시작하자마자 패망의 길로 들어설 수밖에 없었고 그런 울분이 농민회운동에 뛰어들 수밖에 없는 운명을 겪게 한다. 그런 운명과 그걸 청춘시절의 꿈이었던 시로 다스리고 승화시킬 수 있었던 게 그가 오늘날까지 농촌에 남아 계속 견딜 수 있게 한 힘이었는지 모른다.

내가 영천에 두어번 찾아가서 만난 이중기는 미남형의 준수한 사내다. 소 눈망울을 닮은 그 순하고도 울멍울멍한 눈동자에 그러나 언제나 핏발이 서 있다. 힘든 농사와 술 탓이기도 하겠지만 농사와 시라는 뼈가 마르는 외로움의 길을 끝내 버팅겨내면서 생의 의미를 추슬러오느라 생긴 순결한 분노 탓일 것이다.

2

그런 외로움 탓인가. 그는 이번 세번째 시집에서 깊은
사유를 보여준다. 「絶陽歌」 연작 등이 포함된 그의 첫시
집 『식민지 농민』은 피 튀기는 울분으로 가득했다. 이 땅
의 농민을 '식민지 농민'이라고 규정한 그의 선언은 "기억
하여라. 이르노니, 네 아들의 가슴에다 칼로 새긴 듯이 심
어주어라. 미합중국이 왜 한국의 밀밭과 목화밭에다 융단
폭격을 시작하였는지…… 기억하여라. 이르노니, 미합중
국은 2단계 작전으로 우리의 쌀농사에 융단폭격을 퍼붓기
시작하였다" 등으로 가열찬 표현을 낳았다. 그런 외세에
길들여져온 우리 농업의 패망의 현주소를 향해 남근을 잘
라버리고 그렇게 썩은 농업을 암매장해버리겠다는 결연
한 분노는 저 다산의 「哀絶陽」을 패러디한 농민투쟁의 선
전선동에 방불한 구호이기도 했다.

그러나 시의 힘은 '드러냄이 아니라 삭힘'이라는 말은
그도 새겨들을 말이다. 그 때문인지 그의 두번째 시집
『숨어서 피는 꽃』은 "싱싱한 서정의 밀밭"(「우리, 살아가야
할 일이란」)을 꿈꾸는 시들을 지향한다. 물론 그 밑바탕엔
첫시집의 결연한 분노를 계속 간직하며 다음의 「上新里
사람들」이라는 시에서처럼 제 삶의 키를 헛되이 높여 세
우지 않고 지독한 그늘 밑에 숨어서 피면서도 제 향기를

풍기고야 마는 꽃 같은 농민들의 보편적 삶을 절절한 서
정의 가락으로 들려준다. "오래 묵은 설움의 족보 속을
짚어가면/(…)/군불연기 오르는 굴뚝 아래 조금씩 추녀
는 낮아져도/제 삶의 키를 헛되이 높여 세우지 않는/여
기 사람들은/어쩌다 들르는 집배원의 우편낭을 흘끔거리
지 않는다/그리움이란 얼마나 부질없는 안타까움이냐/
걸어온 제 발자국을 헤아려 셈하는/세상사의 부질없음도
잊은 듯 모르는 듯 살지만/숨어서 피는 꽃인들 제 향기를
풍기지 않으랴."

　　이렇게 분노와 서정의 미학을 반추하던 이중기는 이번
시집에서 더욱 깊어지는 외로움과 함께 깊은 사유를 얻는
다. 이제 「늙은 집」이란 시를 보자.

　　　대저 삶이란 저 집의 격이다
　　　파산선고자가 이차저차로 두고 간
　　　집은 오래 외로워서 야성적으로 늙었다
　　　아직도 세상에서 기다릴 게 남았나
　　　짬짬이 여닫히는 정지문의 암시에
　　　사냥술을 연마하는 고양이만 주의 깊다
　　　깜냥에 격은 남아 삐뚜름해도
　　　떠받치는 기둥의 힘이 완강하다
　　　천지간을 잇는 거룩한 침묵의 힘,
　　　악다물고 한사코 팽팽하게 견디며
　　　끔찍한 제 생을 생략하지 못한다

소갈머리도 없이 오래 많이 고달퍼라
언젠가 내 몫이 있다면
저 집의 격에서 율을 뜯는 일이다

　파산선고자가 두고 떠나 들고양이나 들락거리고 바람에 정지문이나 여닫히는 늙은 집에서 아직도 '격(格)' 곧 품격을 보아내는 힘은 사유다. 그 사유는, 삐뚜름하지만 아직도 완강한 '기둥의 힘'이 "천지간을 잇는 거룩한 침묵의 힘"으로 전화되는 모습을 보아내는 힘이다. 이용악의 「낡은 집」이 그 속에 배인 삶의 절절하고도 구체적인 서사를 통해 목울대 치밀게 하는 감동을 준다면, 이중기의 「늙은 집」은 그 서사를 "파산선고자가 이차저차로 두고 간/집"으로 간명하게 담아내면서 그렇게 남은 늙은 집의 존재 자체를 부각시킨다. 마치 제 안에 품었던 주인이 떠나버렸어도 언젠가는 그가 돌아올 날을 기다려 침묵의 힘으로 몸을 지키며 제 생을 생략해버리지 못한다는 듯이 결국 시인은 그 집의 의젓한 품격에 반하여 그 격에서 '율(律)'을 뜯는 것이 제 몫이 될 수 있을 것이라고 말한다. 그렇다면 그 율은 어떤 것이 될까. 결국 그 집도 세월에 스러지고 말 것이라면 그 누구도 이길 수 없는 시간 앞에서 고르는 슬픔과 비장함으로 가득한 계면조의 젓대소리 같은 것일까. 아니면 달빛과 별빛이 들여다보고 씨르래기와 곤줄박이가 품에 들어 결국 자연과 우주의 품으로 귀속될 집의 그 싱그런 우주율 같은 것일까.

이 시에서처럼 이중기가 사유의 힘으로 보아낸 품격은 그의 많은 죽음을 다룬 시에서도 제 몫을 다한다. 사실 이중기의 이번 시집은 온통 죽음으로 점철되어 있다. "농사 짓다 빚잔치하고 내소박당"한 뒤 자진한 아들을 보고 걱정이처럼 쓰러진 늙은 농부의 슬픔을 담아낸 「저 농부에게 바치다」부터 젊어 죽은 남편의 명부를 안고 암자에 틀어앉아 붉은 울음을 삼키고 묵언정진하는 미망인의 아픔을 다룬 「너무 짧은 생」, 그리고 이 마을 저 마을 부고장을 돌리는 얘기를 다룬 「죽음의 기별이 닿는 마을」, "일원도 재물이고 망개도 과일"로 여길 정도로 구두쇠로 살았던 정뿌뜰씨가 죽어서야 걸판지게 장례음식을 차려낸 모습을 그려낸 「정뿌뜰 평전」 등 비명에 간 한스런 죽음을 다룬 시들이 많다. 이는 오늘날 농촌의 참혹하기 짝이 없는 죽음과 빚잔치의 현실을 담아낸 것에 다름 아니다.

　그런데 이런 죽음들이 그래도 품격을 얻는 것은 역시 사유의 문장들 때문이다. 눈에 잡히는 대로 뽑은 다음 문장들을 보아라.

　　붉은 울음 낭자한 하관의 아우성/…/생의 외경을 가슴에 탁본해 간다(「너무 짧은 생」)
　　부고는 생을 간섭하는 자객으로 온다(「죽음의 기별이 닿는 마을」)
　　저 어리비기/삶을 송두리째 생략해버린 불손(「젊은 죽음은 외설이다」)

제 무덤인 극지의 하늘까지 솔거해서(「풀잎에게 듣는다」)

몸을 버린 소의 눈을 지켜보았네/북소리 그렁그렁 고인/적멸의 경//푸른 그림자!//북은 소가 남긴 사람의 노래(「아이엠에프, 이 객승이 놀러왔네」)

그의 시 구절 대로라면 "열목어 같은" "푸른 문장"(「저 푸른 문장」)들이다. 앞의 두 시집에서 별로 보이지 않던 이토록 깊은 문장 솜씨가 이번 시집에서 도처에 편재해 있는 것은 아무도 돌아봐주지 않는 외로움의 변방에서 홀로 깊었기 때문이리라. 물론 이런 사유의 문장들이 농촌·농민시의 내용에 걸맞은 문장인가 하는 것은 생각해봄직하다. 사실 신경림의 『농무』나 김용택의 『섬진강』의 극히 자연스럽고 천연덕스런 율격의 문장에 비하면 이중기의 시는 그 문장들로 인해 오히려 시의 전개에 방해를 받고 또 사유의 문장이 가져오기 마련인 관념어의 남용이 있는 것도 사실이다. 하지만 농촌·농민시에도 이런 독특한 개성을 마련한 그의 노력은 충분히 인정받고도 남음이 있겠다.

빚잔치와 죽음과 절망의 시편들이 품격을 얻게 된 이유의 또 하나는 적절한 방언구사와 사라진 우리말의 되살림 덕분이다. 솔개그늘, 앞거랑, 이차저차로, 장카밥카로, 내소박, 불팔매, 빗장거리, 수여리, 벼룻길, 생량머리, 막사리, 그믐치, 뜬계집, 우걱뿔이, 산꼬대, 채찍비, 된여울,

장골이, 개등드리, 망개, 에움길, 어리비기, 두건자리, 뱃구레, 통고기, 잇바디, 까치독사, 청사리, 청석바우, 고지기, 궁상궁상, 생인손, 무서리, 불땀, 회다짐, 과메기, 수클, 탁배기, 개불알, 질금, 자란자란, 추바리, 시금장맛, 꼬장, 종지기, 모타리, 개다리소반, 줄파발, 배코, 아갈잡이, 왼새끼, 바른고쨔, 생소깝, 수멍, 아구창, 봇도감 등등과 순우리말로 된 지명까지 합하면 가히 이 시집은 우리말 잔치이다. 이런 방언과 우리말 사용에서만 본다면 백석과 서정주와 『약쑥 개쑥』의 박태일을 잇는 그야말로 우리 민중의 숨결을 읽어내는 시인이다. 하지만 이미 유려하게 진화되어 있는 우리말 '고추장'을 '고장'으로 '생솔'을 '생소깝'으로까지 쓰는 것은 모든 언어가 전통을 계승하면서도 당대의 현실을 반영할 수밖에 없는 엄연함을 천착하지 못한 결과라고 생각된다.

그럼에도 위에서 말한 깊은 외로움이 사유의 문장을 낳고 변방에 처한 삶의 조건이 변방의 언어를 드러낼 수밖에 없었던 것을 어찌하랴. 사실 그의 시가 이런 두 가지 요인을 가지지 않았더라면 그 단순하고 안이한 구조나 음울하고 격한 진술 때문에 매력을 느낄 작품이 얼마 되지 않을 것이다.

3

앞에서 음울하고 격한 진술이라고 했다. 그런 음울하고

격한 진술을 할 수밖에 없는 이유는 무엇일까. 물론 민족농업의 사수에 대한 의지와 텅 비어가는 농촌에 대한 아무런 대책도 못 내놓는 정책당국에 대한 분노 때문이라고 말할 수 있다. 그의 이번 시집에는 비교우위론을 질타하는 세 편의 시가 있다. 「비교위위론에 대한 나의 견해」「비교우위론자를 비꼬다」「비교우위론에 대한 경고」등이다. 그중 두번째의 시에 "마른번개 퍼붓는 세상의 이치를 두고/절에서 부처의 말을 구해왔구나/세상 만한 경전이 어디 있다고⋯⋯"라는 구절이 있다. 이는 우리의 농업현실은 외면하고 다국적기업 자본들의 세계적 경제침탈 논리인 비교우위론을 외국에서 배워와 이 땅에 농업개방을 관철시킨 자들을 비꼰 것이다. 한마디로 각 나라마다 경쟁력있는 산업만 키워서 서로 교역을 해야 한다는 비교우위론 속엔 이 땅의 공산품 수출을 위해 농업을 폐기처분해버리자는 발상이 들어 있는 것이다. 사실 광활한 미국 농토를 경영하는 자들은 1,850여 호의 농가뿐이다. 그 농가의 쌀생산량이 우리의 5백만 농가의 쌀생산량의 수십배이다. 이런 미국의 몇 농가를 살리기 위해 우리 농민은 거의 죽어나야 하는 것이다. 그러기에 각 나라마다에선 식량자급과 국민경제의 기반인 기초농업의 보호를 위해 최대한의 비교역적 품목을 정한 뒤에 아무리 경쟁력이 없더라도 수입개방을 억제하고 있는 것이다.

그러나 김영삼정권은 우리 농업의 최후의 보루인 쌀까지 개방해버렸다. 그러면서 국제경쟁력을 기르자며 이 땅에 사과, 배, 포도, 복숭아 재배 등을 권장하여 사실 지금의 농사 개념은 이미 자본의 논리에 투항해버린 상업영농 일색을 지칭하게 된 것이다. 이중기 시인이 기초농업 혹은 전통농업과 상업영농의 갈등을 자꾸 피력하는 것도 그 때문이다. 시집 맨 처음에 나오는「나의 갈등」이란 시에서 동해바다의 수평선이 벌떡벌떡 일어나 "쌀 거둘 땅에 왜 뱃살 붉은 복숭아를 따느냐"고 따귀를 후려치는 것이나「통쾌한 꿈」에서 아버지가

　　이런 쳐죽일 놈! 뭐라꼬?
　　쌀농사는 돈이 안 된다꼬?
　　물려준 땅 죄다 얼라들 주전부리나 할
　　복숭아 포도 그딴 허드렛농사만 짓고
　　뭐? 쌀을 사다 처먹어?

하고 귀싸대기를 올려붙이며 내 논밭 다 내놓으라고 왜장치는 것 등이 그것이다.
　이중기도 어쩌면 상업영농을 부추긴 정부정책 때문에 일찍부터 사과농사, 복숭아농사, 포도농사를 전전했다. 그러나 그런 농사도 차례차례 수입농산물에 무너지면서 좌절과 고통의 세월만 끌어안았다. 아마 그로 인한 부채도 상상할 수 없으리라. 어쨌든 그 때문인지 그는 주체적 농사꾼이면서도 농사일지라고도 할 수 있는 농사시편을 이번 시집에서 전혀 선보이지 못하고 있다. 그러니까 농

사를 지으면서 느낄 수 있는 씨뿌리는 수고, 수확하는 기쁨, 이웃과 함께 나누는 들밥, 담배 한대참에 바라보는 흰 구름과 꽃과 새와 계절의 순환의식, 자연과의 조화를 통한 노동의 당당함 등에 대한 이야기들이 전혀 없는 것이다. 사실 그 앞의 시집들엔 그래도 떼서리로 피어나는 능금꽃 풍경이 있고 싱싱한 서정의 밀밭에 대한 꿈이 있으며 능금나무 전정을 하며 인생의 경영을 묻는 의욕도 있었던바, 이와 반한 것이다. 어쩌면 지금껏 거짓농사에 거짓세월만 받쳤다는 자괴감과 이를 조장한 정부당국의 상업영농정책에 대한 배신감이 더욱 깊었기 때문이리라.

　이제 이중기의 시는 바로 전통농업과 상업영농에 대한 갈등의식보다는, 어차피 자본주의의 전지구적 관철 논리 속에 처한 우리의 모든 농업을 통합적으로 보고 이에 대한 싸움과 농사꾼으로서의 주체적 삶을 세세하게 이야기하고 노래해야 할 것이다.

　이중기의 이번 시집에 음울하고 격한 시들만이 존재하는 것은 아니다.

　파꽃 한번 오지게 둥둥둥 피어난다/거두절미하고 힘찬 사내의 거시기 같다//단돈 만원도 안되는 원수 같은 것들이/탱탱하게 치솟는 풍경을 흘겨보던/등굽은 늙은이 입술 묘하게 비튼다/빗장거리로 달려들어 북소리 물고/둥둥둥둥, 북소리 물고 달려가는/저 수여리들의 환호작약에/늙은이는 왈칵, 그리움도 치살려본다//…//연

꽃이 게워내는 법구경보다/참 노골적으로/욕망의 수사
를 생략하며/무궁무궁 피어나는 파꽃의 절경에 젖은 늙
은이/젖 한통 오지게 빨고 웃는 아이 같은/저 늙은이
파안/저승꽃 만발한 서러운 절창!//세상 참 환하다

—「참 환한 세상」 전문

정말로 세상 참 환하다. 거쿨진 사내의 탱탱한 거시기
같은 파꽃이 무궁무궁 피어나는 모습에 환호작약한 암펄
들이 둥둥둥둥 달려가고, 그것에 잠시 취한 늙은이의 얼
굴이 젖 한통 오지게 빨고 웃는 아이 같은 파안이 되는 절
경! 여기에 단돈 만원도 안되는 파값에 대한 서러움이나
얼굴에 저승꽃 만발시킨 시간의 압도에 그 무슨 욕망의
수사가 필요하겠는가. 간난신고의 삶에도 직관적으로 다
가오는 경이와 환희의 순간은 있을 것 아니겠는가. 그 순
간 하나가 또 지루한 삶을 힘차게 추동시키는 것 아니겠
는가. 이때쯤 수여리들만이 아니라 어디서 둥둥둥둥 북소
리인들 안 울리겠는가.

이처럼 푸르른 힘이 있는 시는 대개 성과 관련된 시들
이다. 근본을 모를 뜬계집과 사는 사내의 저녁의 평화를
다룬 「저 잔잔한 평화」, 산판 갔던 아비가 돌아온 봄날 아
이들을 구실 붙여 밖에 내보내고 복사꽃 꾸역꾸역 터지
듯 방사를 하는 얘기를 다룬 「옛날 영화를 생각한다」뿐만
아니라 「암캐 잡은 셈치다」의 통렬한 풍자, 「과부는 홀아
비를 그리워한다」의 사무치는 은근짜, 「上口/下口」의 질

편한 육담을 담은 시들이 그것이다. 사실 성이란 생산이다. 하지만 생산이 없는 오늘의 농촌에서의 성은 공허하기도 하다. 그래서 이런 시들이 감동을 주면서도 어쩌면 허풍선 터진 뒤의 허망함 정도로 생각되는 것도 그것들이 대개 마음뿐인 노인들의 성이고 옛날의 육담 같은 성이기 때문이다.

4

얼마 전에 한 농촌문제 전문가가 TV 대담프로에 나와서 오늘날의 농민운동에 관해서 묻자 "진짜농사꾼은 고속도로를 점거하고 쌀이나 채소나 과일을 거리에 내던지는 일은 하지 않는다"는 요지의 답을 했다. 이어서 자꾸만 빈집이 늘어가는 농촌을 어떻게 했으면 쓰겠느냐는 질문엔 "도시인들이 그 빈집을 사들여 별장 등을 지으면 빈집도 사라지고 농촌에 생기도 돌며 도농간의 교류도 수월해질 것이다"라는 답을 했다. 그 전문가는 자기 나름대로의 연구 끝에 대책을 내놓은 것이겠지만 아무래도 공소하게 들렸다. 소외받고 폐농 지경에 처하면서도 땅으로 허리나 굽히는 무지렁이가 진짜농사꾼일까. 아니면 기관에 붙어 정부정책자금이나 착복하며 유유히 다방나들이나 하기에 더는 분노할 필요가 없는 사람들이 진짜농사꾼일까. 그들이 아니라면 나머지 대부분이 진짜농사꾼일 텐데 왜 그들은 자꾸만 거리에 나서는가. 또한 도시인들이 빈집을 사들여 별장을 지으면 그곳에 생기가 돌기는커녕 위화감 때문에 농민들은 더욱 열패감을 느끼게 되지 않을까. 그렇지 않아도 도시자본들이 시골 땅을 사들여서 골프장에 러브호텔에 가든 음식점을 줄기차게 세우는 바람에 골프군 러브호텔면 가든리라는 이름이 생겨날 정도가 아닌가.

하지만 이런 생각으로 농촌문제를 바라보는 사람들에게 이중기는 '농성장에서'라는 부제가 붙은 「단천령의 달」에서 다음과 같이 "바른고짜로" 들쑤시고 있다.

산맥들이 옹립하는 독야청청 달이 뜬다//한양 건달 단천령이 빨치산 산채에 놀러가/꺽정이에게 던진 풍자는 벽초의 압권이다//"달(빛)이 햇불 연기에 끄슬리겠소"//딴소리하지 마라/꺽정이는 분노를 안으로 감추고 있다/쌀을 질타하여 밥이 되게 하는/끓는 물, 끓는 물소리 듣고 있는 것이다//폭포는 가던 길을 내던져서 타오르는 불,/바른고짜로 들쑤시겠다//오만방자한 저 통속, 단천령의 달/천둥벌거숭이

다시 소처럼 순하고 울멍울멍한 눈동자에 항상 핏발이 서 있는 이중기의 얼굴이 떠오른다. 그 핏발이 외로움과 분노에서 기인한 것일까. 하지만 "시인이란 본질적으로 삶의 복합적 현장에서 그 중심부가 아닌 주변부의 존재이다. 시인이란 황량한 세상에서 한방울의 눈물이나 연민 또는 누가 이해해주기를 바라지 않는 순결한 분노가 있어

야 한다. 그래서 시인이란 그의 시와 함께 세속적으로 자주 고아가 되는 존재이다."(고은 「서정을 말하는 이유」) 이중기나 나에겐 천금 같은 말이다. 시집 나오면 사과꽃 날리는 녹전동 금호강가에서 뜨건 소주나 한잔 나누길.

시인의 말

　묶어놓고 보니 초라하기 짝이 없다. 찬바람 마구잡이로 들이치고 새앙쥐 들락거리는 거푸집 같다. 이 땅의 영원한 '소수민족'일 수밖에 없는 '농민'들, 오늘날의 저 거대 도시를 키워온 늙은 '농부'들, 그들만이 가진 근육질의 삶에서 묻어나는 슬픔과 분노의 근원을 노래하고자 했건만, 맥빠진 절규들만 웅웅거린다.

　시로부터 나를 도피시켜야 한다는 터무니없는 강박관념에 사로잡혀 선동적인 유인물 문구에 집착했던 6년여, 이 초라하고 볼품없는 거푸집을 바라보니, 마구잡이로 쓸쓸해진다. 아득했던 지난 시절과 산사태처럼 닥쳐올 앞날을 생각하니 내 시는 한낱 사치에 불과하지 않을까 싶어 더욱 조심스럽다.

　새 천년 연말, 빚에 쪼들리다 동학군처럼 싸우지도 못하고 목숨을 버린 많은 젊은 농부들에게 나는 살아서 부끄럽다. 모든 걸 다 비우고 이제는 경계에서 내려가고 싶다. 아니, 더 강파른 경계에 서야 하리라.

2001년 봄　이중기